Edgar Wallace

3

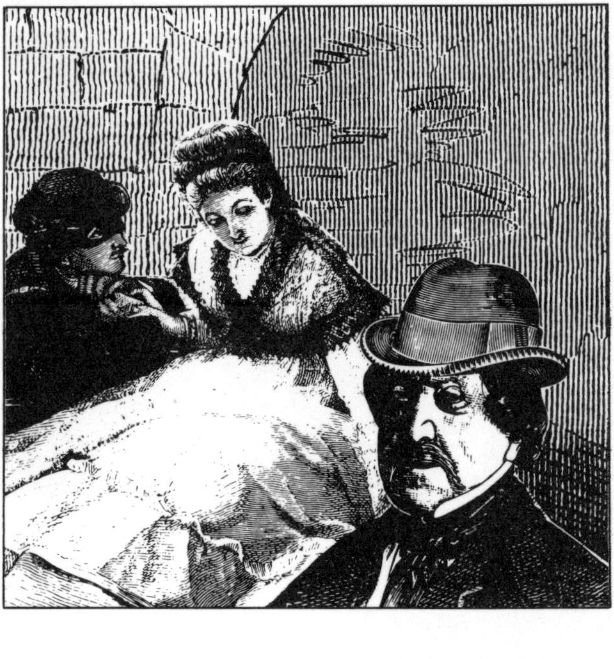

Edgar Wallace

löst das Rätsel

Der schwarze Armbrustschütze

John Gilmoor

kibu

Edgar Wallace löst das Rätsel

Der Überfall des Phantoms

Dumpfer Hufschlag klang durch den Morgen. Gerade lösten sich die Nebelschwaden über dem Roding River auf. Die kräftigen Strahlen der Frühsonne schafften sich Bahn und durchdrangen das Blattwerk der alten Weiden oberhalb der Uferböschung.

Das Pferd tauchte auf den grünen Hügeln vor Fyfield auf: Ein herrlicher Fuchshengst mit langen, kräftigen Läufen, schlanken Fesseln und edel geformtem Kopf.

Im Sattel saß eine junge Frau, deren Haltung die geübte Reiterin verriet. Sie trug hohe Reitstiefel, feste, eng anliegende Hosen und ein sportlich geschnittenes Glencheck-sakko. Das kastanienbraune Haar hatte sie zu einem Pferdeschwanz zusammengefaßt, der im Reitwind flatterte. Auf dem Kopf trug sie eine kleine schwarze Kappe.

Sie ritt über die Wiesen westlich des Flusses, lenkte das Pferd zu einer schmalen Holzbrücke und sprengte auf die Wälder im Osten zu.

Die Morgenluft schmeckte nach Tau und war vom würzigen Duft von Moos und Waldbeeren erfüllt. Die Reiterin zügelte den Fuchshengst und lenkte ihn in gemächlichem Trab zwischen den mächtigen alten Akazien, Eichen und Kastanien hindurch. Das Sattelleder knarrte. Das Hufgeräusch wurde fast völlig vom weichen Waldboden geschluckt.

Die Reiterin bemerkte die Gestalt nicht, die sich hinter einigen mächtigen Schlehensträuchern verbarg und sie beobachtete.

Es handelte sich um einen Mann in schwarzen Hosen und schwarzer Lederjacke. Er trug schwarze Schuhe und Handschuhe und hatte sich einen dunklen Strumpf, in dem sich zwei Augenschlitze und eine Mundöffnung befanden, über den Kopf gezogen.

In den dichten Schatten des Laubwaldes war er kaum zu erkennen, solange er sich nicht rührte. Er sah, daß die junge Frau in eine langgestreckte Bodenfalte hineinritt, die sich fast wie eine Schlucht zwischen schlanken Pappeln, Birken und Buchen hinzog.

Der schwarzgekleidete Mann mit der Maske hob jetzt eine Armbrust vom Boden auf, eine sorgfältig gearbeitete Waffe aus poliertem Nußbaumholz mit metallverstärktem Bogen. Geschickt setzte er den Spanner an und verankerte die kräftige Sehne. Er legte einen blutroten Bolzen in die Führungsrinne und setzte die Armbrust an die Schulter.

Jetzt befand sich die Reiterin auf gleicher Höhe mit ihm. Der Maskierte zielte und drückte ab. Der Bolzen durchschlug eine raffiniert getarnte Schnur, mit der ein junger Birkenast heruntergezogen und in Spannung versetzt worden war. Er schnellte mit raschelndem Geräusch hoch und schleuderte dabei Moos, verrottetes Laub und morsches Reisig in die Höhe.

Der Fuchshengst scheute und bäumte sich mit schrillem Wiehern auf. Die Reiterin klammerte sich an der Mähne fest und schwankte im Sattel. Sie rutschte zur Seite. Für einen Moment sah es aus, als würde sie abgeworfen werden. Sie konnte sich halten, doch das Pferd jagte in wildem Galopp davon. Die junge Frau hing schräg auf seinem Rücken und versuchte, den Lauf des Hengstes zu stoppen. Doch es gelang ihr nicht.

Der Maskierte erhob sich. Mit wenigen Sätzen eilte er den Hang hinunter und warf ein zusammengefaltetes Papier ins Moos. Dann huschte er davon. Die Reiterin konnte er bereits nicht mehr sehen.

Das Pferd preschte durch das Unterholz. Es galoppierte durch Strauchwerk und Dornengestrüpp. Die Reiterin schrie. Noch immer konnte sie sich halten, aber schon war ihr rechter Fuß aus dem Steigbügel gerutscht, und sie mußte sich am Pferdehals festklammern, während sie auf dem Rücken des Hengstes auf und ab geschleudert wurde.

„Hilfe!“ schrie sie. „Halt an, Pascha! Hilfe!“

Tiefhängende Zweige und Äste streiften gefährlich über sie hinweg, prellten schmerzhaft ihre rechte Schulter und rissen ihr die Reitkappe vom Kopf. Mehr als einmal drohte die Gefahr, daß sie von einem Ast aus dem Sattel gerammt werden würde. Dann öffnete sich der Wald unvermittelt, und hinter einem künstlich angelegten Seerosenteich erhob sich das alte Herrenhaus.

Die junge Frau rutschte immer weiter zur Seite. Auf einmal war ein kräftiger, mittelgroßer Mann da, der sich dem tobenden Pferd in den Weg warf. Für einen Sekundenbruchteil scheute der Hengst, und der Mann nutzte diese Chance und sprang das Tier an. Seine Fäuste krallten sich am Kopfgeschirr fest. Der Hengst schleifte ihn ein Stück mit, kam jedoch dicht am Teichufer zum Stehen. Mit zitternden Flanken und hervorquellenden Augen, Schaum vor den Nüstern, tänzelte der Hengst hin und her, während die

Reiterin, am Ende ihrer Kraft, aufschluchzend zu Boden rutschte und im Gras liegenblieb.

„Lady Anabell!“ Der Mann ließ das Pferd los und beugte sich über die Frau. „Haben Sie sich verletzt? Was ist passiert? Warum ist Pascha durchgegangen?“

Sie richtete sich mit seiner Hilfe auf. Ihr Gesicht war kreidebleich. Sie schüttelte immer nur den Kopf und brachte kein Wort hervor.

„Ich bringe Sie ins Haus, Lady Anabell.“ Er geleitete sie um den Teich herum zu dem gepflegten Kiesweg, der zur Freitreppe des Herrenhauses führte. Inzwischen hatten sich weitere Bedienstete aus dem nahen Garten genähert. Er rief ihnen zu, sie sollten das Pferd holen. Wenig später kam er wieder aus dem Haus und sattelte sich selbst ein Tier. Er hatte eine doppelläufige Jagdflinte umhängen, als er im mäßigen Tempo die Strecke zurückritt, die Lady Anabell Blair morgens zu reiten pflegte.

Nach einer halben Stunde erreichte er wieder das Herrenhaus und eilte die Freitreppe hoch. In den Händen hielt er ein zusammengefaltetes Papier und einen blutroten Armbrustbolzen.

„Ich hoffe, es geht Ihnen schon besser“, sagte er, als er Lady Anabell in der geräumigen Diele traf. „Es war kein Unfall.“ Sie war noch immer vom Schreck gezeichnet. Ihre Augen weiteten sich, als er ihr den Bolzen zeigte. Dann trat er in Sir Reginald Blairs Arbeitszimmer.

Der Totengräber

Der Motor des klapprigen Sunbeam Roadster spuckte und kochte. Der kleine, rundliche Mann mit dem sichelförmigen Schnauzbart brachte den Wagen zum Stehen, stieg seufzend aus und klappte die Kühlerhaube hoch. Dabei verbrannte er sich die Finger. Ein Dampfschwall fuhr ihm entgegen. Schimpfend drehte er sich um und stellte fest, daß er sich neben einem Friedhof befand. Der weiche Glanz der Spätsommersonne lag auf den verwitterten Grabsteinen und brachte die bunten bleiverglasten Fenster der Kirche inmitten des Gräberfeldes zum Leuchten.

Kirche und Friedhof lagen fast eine halbe Meile außerhalb von Fyfield. Neben der halbhohen Mauer aus Feldsteinen kreuzten sich die Straßen nach Chipping Ongar, Moreton, Roxwell und Writtle. Von diesen Straßen führten Wege zu den verstreut liegenden Landsitzen ab.

Der rundliche Mann steuerte das Friedhofstor an und schlenderte zwischen den Grabsteinen hindurch.

Plötzlich vernahm er ein Schnaufen und blickte sich überrascht um. Da tauchte der Kopf eines Menschen zwischen einigen Gräbern auf. Schwitzend und verdreckt kletterte ein Mann aus einem frisch ausgehobenen Grab. Er war von kleiner, kräftiger Statur, mit langen Armen und schwieligen Händen. Sein Kopf hatte die Form einer Kartoffel. Borstig standen die Haare ab. Über der Knollennase blinkten listige, kleine Augen.

„Guten Tag“, sagte der rundliche Mann im abgetragenen Tweedanzug.

Der Mann aus dem Grab zerrte ein fleckiges Taschentuch hervor und wischte sich den Schweiß vom Gesicht, während er den Fremden betrachtete.

„Guten Tag, Sir", sagte er. Er nuschelte ein wenig. „Heißer Tag heute, nicht wahr? Kann ich etwas für Sie tun?"

„Sind Sie der Totengräber?"

„Totengräber – richtig, Sir, der bin ich. Seit mehr als zwanzig Jahren, Sir. Ich weiß nicht, wieviele Leute ich in dieser Zeit unter die Erde gebracht habe. Eine harte Arbeit, Sir, und nicht so einfach, wie manche Leute denken mögen. Es ist nicht damit getan, einfach ein Loch auszuheben. Ich meine, die Grube muß ja halten, sie darf nicht zusammenstürzen, wenn der Sarg hinuntergelassen wird. Dazu gehört viel Erfahrung. Auch die Toten haben ein Recht auf sachgemäße Behandlung, Sir."

„Wie gut, daß es in England noch Menschen gibt, die eine so ernste Berufsauffassung haben", bemerkte der Fremde.

„Oh ja, Sir, vielen Dank! Hier auf dem Lande wird noch viel Wert auf gute Arbeit gelegt. Drüben in Chelmsford soll es einen jungen Totengräber geben, bei dem schon dreimal die Wände von frischen Gräbern zusammengestürzt sind. Eine Schande! Gerade der allerletzte Dienst, den man einem Menschen erweisen kann, sollte besonders sorgfältig ausgeführt werden."

„Ich verspreche Ihnen, mich nur von Ihnen beerdigen zu lassen", versicherte der Besucher. „Ich habe leider eine kleine Panne. Mir ist das Kühlwasser ausgegangen. Der Weg von London nach Essexshire herauf ist doch sehr lang, und die Straßen sind nicht immer gut."

„Das ist wohl wahr, Sir. Ich bin schon seit über zehn Jahren nicht mehr in London gewesen, und damals war ich mit einer Pferdekutsche einen vollen Tag lang unterwegs. Sie sollen Wasser erhalten, Sir, kommen Sie." Er bewegte sich eifrig vor dem rundlichen Fremden her zu einer rostigen Pumpe. Er stellte einen Blecheimer darunter und betätigte kraftvoll den Pumpenschwengel, bis das Wasser in den Eimer plätscherte.

„Ich habe Sie noch nie hier gesehen, Sir."

„Ich bin unterwegs nach Caxton Manor", antwortete der Mann.

„Oh, das Blair-House." Der Totengräber nickte heftig. „Die meisten nennen es allerdings Caxton Manor, so wie Sie, Sir. Ein sehr schöner Besitz, es . . ." Er unterbrach seinen Redestrom und fixierte den anderen nachdenklich. „Sie kommen aus London, Sir? Nach Caxton Manor? Sie sind wohl ein Zeitungsmann, Sir?"

„Sie haben einen scharfen Blick."

„Das kann man wohl sagen. In meinem Beruf hat man viel mit Menschen zu tun und lernt es, die Leute einzuschätzen." Die Stimme des Totengräbers senkte sich: „Sie sind wegen des Armbrustschützen hier, habe ich recht?"

„Im Vertrauen, mein Lieber", auch der rundliche Mann sprach leiser, „ich bin wirklich wegen des schwarzen Armbrustschützen hier."

„Habe ich sofort gesehen, Sir." Der Totengräber grinste ihn aus zwei Zahnlücken an. „Sie werden aber Pech haben: Die Blairs halten dicht. Die reden nicht darüber, obwohl . . ." Er blickte sich vorsichtig um, als könne jemand mithören. „Obwohl es stimmt: Es gibt diesen Armbrustschützen." Mit wichtiger Miene fügte er hinzu: „Ich habe ihn gesehen."

Der Besucher staunte gebührlich, und der Totengräber redete, während er den Wassereimer zum Auto des Fremden trug: „Ein riesiger Kerl, Sir. Größer als jeder Mann, den ich kenne. Und ich sehe mir jeden Mann genau an, weil es ja sein kann, daß ich ihm mal ein Grab schaufeln muß. Aber dieser Bursche ist ein Goliath, Sir. Und ganz in Schwarz. Auch vom Kopf hat man nichts gesehen. Er hatte eine Kapuze darüber, oder etwas Ähnliches. Er rannte durch den Wald, drüben beim Fluß. Wie der rennen konnte . . ." Sie füllten das Kühlwasser ein. Der Motor hörte auf zu dampfen. „Das Wesen sah gar nicht aus wie ein Gespenst."

„Ein Gespenst?"

„Klar doch, Sir. Der Bursche spukt seit vierhundert Jahren in den Wäldern vor Fyfield herum. Es heißt, er trete immer dann auf, wenn unehrliche Gutsbesitzer bestraft werden müßten. In den vergangenen Jahrhunderten soll der Armbrustschütze schon mehrere Familien vertrieben haben."

„Ein Gespenst, das zur Bestrafung von Übeltätern auftritt? Die Blairs sollen doch aber eine ehrenwerte Familie sein?"

„Komisch ist das schon", stimmte der Totengräber zu. „Die Blairs sind vielleicht nicht überall beliebt, aber es ist nichts Nachteiliges über sie bekannt. Sie behaupten auch, das sei alles Unsinn. Aber ich bin nicht der einzige, der den Schützen gesehen hat. Es traut sich kaum noch einer in die

Wälder am Fluß. Na, vielleicht erzählt man Ihnen auf Caxton Manor doch etwas. Aber der alte Sir Reginald ist ein Eisenfresser, wie man so sagt. Der würde sich nicht mal vor dem Teufel persönlich fürchten. Vor dem müssen Sie sich hüten, Sir."

„Vielen Dank für Ihre Hilfe." Der Fremde drückte dem Totengräber ein Threepence-Stück in die Hand und stieg ein.

„Immer geradeaus, Sir!" rief der Totengräber. „Die nächste Abzweigung nach Osten!" Er schaute dem knatternden, klappernden Automobil nach, das in rascher Fahrt davonrollte.

Caxton Manor

Sir Reginald Blair war ein gedrungener, breitschultriger Mann mit einem kantigen Schädel. Sein weißes Haar erinnerte an eine Löwenmähne. Er hatte nur noch sein rechtes Bein, bewegte sich aber mit seiner Krücke behende und energisch. Seine Augen sprühten vor Empörung, während er in dem gediegen eingerichteten Arbeitszimmer von Caxton Manor auf und ab humpelte. Der Blick seines Besuchers fiel unwillkürlich immer wieder auf ein Bild auf dem Kaminsims, das Sir Reginald in der Uniform eines Colonels der königlichen Armee zeigte.

„Ich habe mich geweigert, diesen Blödsinn ernst zu nehmen, Inspektor", bullerte er. Er unterbrach seinen Spaziergang durch das Zimmer und blieb am Fenster stehen, um einen Blick auf den herrlichen, weitläufigen Park hinauszuwerfen. „Aber seit meine Tochter beinahe tödlich verunglückt ist . . .“ Er drehte sich um. „Ich glaube nicht an den Quatsch von dem alten Schützen, der seit Hunderten von Jahren durch die Wälder schleichen soll. Warum sollte er es nur auf uns Blairs abgesehen haben? Warum nicht auch auf unsere Nachbarn, auf diesen Duke of Gwynn zum Beispiel, einen unverschämten, anmaßenden und arroganten Kerl. Wenn ich ein Geist wäre, dem würde ich die Hölle heiß machen.“

„Ich glaube nicht, daß Geister Briefe schreiben, und die Armbrustbolzen sehen auch nicht gerade überirdisch aus.“ Inspektor Ebenezer Pommery blätterte in den zerknitterten Erpresserbriefen, die Sir Reginald in den letzten Wochen erhalten hatte und die nur immer die eine Aufforderung enthielten: Die Familie Blair möge den Caxton-Landsitz verlassen. Die letzten Briefe enthielten massive Drohungen, die darin gipfelten, die Bolzen würden schon bald ihr Ziel treffen, und es würde Blut fließen. Auf einem Tischchen lagen fünf gefiederte blutrote Bolzengeschosse.

„Ich möchte meinen Lebensabend in Ruhe verbringen, Inspektor“, sagte Sir Reginald. „Ich war mein Leben lang Soldat. Pulverdampf und Lärm habe ich genug gehabt. Ich werde Ihnen jetzt meine Familie vorstellen.“ Er winkte herrisch, und Pommery erhob sich und folgte ihm in ein Wohnzimmer, das plüschige victorianische Gemütlichkeit ausstrahlte. Pommery sah eine jüngere und eine ältere Frau, einen jungen Mann und einen weiteren Mann in derber Kleidung, der einen selbstbewußten Eindruck machte.

„Das ist meine Frau Mary", stellte der Colonel vor. Er deutete auf die ältere Lady auf der breiten Couch. „Daneben sehen Sie meine Tochter Anabell. Harry, mein Sohn, ein Taugenichts, das kann ich Ihnen gleich sagen, und . . ."

„Vater!" sagte der junge Mann scharf. Sein Gesicht lief rot an. „Ich glaube nicht, daß das die richtige Art ist, uns einem Scotland-Yard-Inspektor vorzustellen."

„Mein Sohn hat natürlich eine andere Meinung über sich", fügte Sir Reginald hinzu und fuhr fort: „Das ist Andrew Bates, mein Verwalter." Er deutete auf den kräftigen Mann in der derben Arbeitskleidung. „Er hat Anabell übrigens das Leben gerettet, als das Pferd durchgegangen ist. Ich wollte, daß er anwesend ist."

„Das halte ich auch für richtig", bemerkte Pommery. Er hatte die Anwesenden sorgfältig gemustert und sich bereits ein Urteil über sie gebildet: Lady Mary war eine scheue, zierliche aber sicherlich energische Frau, vermutlich die einzige, die mit Sir Reginald fertigwurde. Seine Kinder, Harry und Anabell, machten auf Pommery einen etwas verwöhnten, überspannten Eindruck, während Bates handfest und zuverlässig wirkte. Sein Blick war offen und fest. Er war ein Mann, auf den man zählen konnte.

„Sie haben entdeckt, daß der Zwischenfall, der Lady Anabell beinahe das Leben gekostet hätte, gezielt herbeigeführt worden ist?" fragte Pommery ihn.

„Ich war zunächst nicht sicher, Inspektor", antwortete Bates. „Aber Pascha ist ein sehr ruhiges Pferd. Zwar temperamentvoll, aber sehr beherrscht. Und Lady Anabell ist eine hervorragende Reiterin. Sonst wäre die Sache ohnehin böse ausgegangen. Ich konnte mir daher nicht vorstellen, daß ein aufgeschreckter Hase oder ein anderes Tier im Unterholz Pascha so in Panik versetzt haben konnte. Ich habe den Bolzen dann auch sofort gefunden, den Brief natürlich auch. Der Kerl, der hinter diesem Spuk steckt, muß ein Meisterschütze sein. Er hat die dünne Schnur, mit der er den Zweig heruntergezogen hatte, glatt getroffen."

„Haben Sie Spuren gefunden, Mr. Bates?"

„In der Nähe einiger Schlehensträucher waren die Fußabdrücke eines Menschen. Eine regelrechte Spur gab es nicht, der Kerl muß seine Fährte verwischt haben."

„Gesehen haben Sie ihn noch nicht, Mr. Bates?"

„Manchmal glaubt man etwas zu sehen, was sich später als Schatten herausstellt, Inspektor. Einmal habe ich mir eingebildet, eine schwarze Gestalt gesehen zu haben, aber beschwören kann ich das nicht. Auf jeden Fall ist mehrfach auf uns geschossen worden – damit meine ich die Mitglieder der Familie und mich."

„Haben Sie, kurz bevor der hochschnappende Zweig das Pferd in Panik versetzte, irgend etwas bemerkt, Lady Anabell?" wandte Pommery sich an die Tochter. Sie war sehr hübsch, vielleicht fünfundzwanzig Jahre alt, mit einer Stupsnase und einem festen, energischen Kinn.

„Absolut nichts, Inspektor. Ich habe mir schon den Kopf zermartert, aber bevor Pascha durchging, war alles wie immer. Ich reite jeden Morgen diese Strecke – das heißt, seit jenem Tag natürlich nicht mehr."

„Hat irgendeiner von Ihnen den Schützen jemals gesehen?" Pommery blickte von einem zum anderen.

„Ich bin vor drei Wochen beschossen worden", erklärte Harry Blair. „Ich dachte, mein letztes Stündlein habe geschlagen. Um ehrlich zu sein: Ich hatte viel zuviel Angst, um mich umzuschauen."

Sir Reginald quittierte die Aussage seines Sohnes mit einem verächtlichen Schnauben. Er sagte: „Vor vierzehn Tagen wurde ich von einem Bolzen in meine Prothese getroffen. Ein guter Schuß, Inspektor, und das zeigt, daß der Bursche weiß, welches Bein mir fehlt. Ich bin sicher, er hätte mein gesundes Bein getroffen, wenn er gewollt hätte."

Aus den Wäldern hallte plötzlich das Echo von Schußdetonationen herein. Pommery hob überrascht den Kopf. Harry Blair sagte: „Das ist Onkel Ashwood, ein Halbbruder unseres Vaters. Er ist seit ein paar Monaten zu Besuch hier. Er wollte vor einer Stunde auf Fasanenjagd gehen."

„Hat er keine Angst?"

„Er begreift gar nicht, um was es geht", erklärte Sir Reginald mit einer Miene, die Pommery verriet, daß er auch von seinem Halbbruder nicht viel hielt. „Wir haben uns seit mehr als fünfundzwanzig Jahren nicht gesehen. Er lebt in Neuseeland, und der Teufel mag wissen, weshalb er nach so langer Zeit plötzlich ins gute alte England gekommen ist, um uns noch einmal zu besuchen. Er ist ein bißchen zerstreut, das war er immer, schon als Kind. Wenn wir ihm von dem Armbrustschützen erzählen, antwortet er uns höchstens mit der Frage, ob eine Armbrust praktischer sei als ein Scott-Gewehr, um auf die Jagd zu gehen. Von der Erpressung haben wir ihm nichts gesagt."

Pommery nagte nachdenklich an seiner Unterlippe, während er alles, was er gehört und gesehen hatte, noch einmal an sich vorüberziehen ließ: Ein ehrwürdiger, alter Landsitz, ein behäbig wirkendes Herrenhaus, ein Stück Wald und einige Felder und Schafweiden, die keinen übermäßigen Ertrag abwarfen. Der richtige Alterssitz für einen pensionierten Offizier, der über ein kleines Vermögen verfügte aber keineswegs reich war; nichts, was auf einen handfesten Grund für eine Erpressung hindeutete.

In diesem Moment gab es einen schrillen Knall, der Pommery aus seinen Gedanken riß. Lady Mary stieß einen Schrei aus, der Colonel fluchte dröhnend. Das große Fenster des Salons zerplatzte mit ohrenbetäubendem Klirren. Die Scherben wirbelten durch den ganzen Raum. Instinktiv hatte Pommery sich fallen lassen. Auch Harry Blair, Bates und die Frauen hatten Deckung gesucht. Nur Sir Reginald war wie ein Felsblock stehengeblieben. Pommery war als erster wieder auf den Beinen. Der von draußen hereinströmende Wind bauschte die zerrissene Gardine. Gegenüber vom Fenster steckte ein blutroter Bolzen in der Wandtäfelung.

Pommery rannte zum Fenster. Unten sah er einen Stallknecht stehen, der mit den Armen fuchtelte und zum Wald hinüber deutete.

„Ich habe ihn gesehen!“ schrie der junge Bursche mit überschnappender Stimme. „Ein schwarzer Mann! Ich habe ihn gesehen!“

Lautes Geschrei der Gärtner und Stallknechte! Vom Wald her klang Hundegebell!

Inspektor Pommery eilte über den mit Mosaiken gepflasterten Hof des Herrenhauses auf den künstlichen Teich zu, auf dem in unbeschreiblicher Schönheit zartfarbene Seerosenblüten schwammen, eingebettet in tellergroßes grünes Blattwerk. Pommery hatte jetzt keinen Blick dafür.

Harry Blair und Bates waren ihm dicht auf den Fersen. Der Verwalter hastete zu den Ställen hinüber, während Pommery und Blair dem Wald zusteuerten. Dort wurde das Hundegebell stärker, und eine große, kräftige Gestalt in einem karierten Jagdanzug mit Kniebundhosen tauchte auf. Ein Dobermann zerrte kläffend an einer langen Leine. Der Mann war kahlköpfig und trug eine dicke Goldrandbrille. Über seiner Schulter hing ein damaszierter Drilling. Er wirkte in seinem Aussehen und seinen Bewegungen etwas unbeholfen, und Pommery wußte sofort, daß es sich um den Halbbruder von Sir Reginald handeln mußte.

„Ist dir etwas passiert, Onkel Ashwood?" rief Harry Blair in diesem Moment.

„Passiert, mir?" Der Mann betrachtete mit einigem Erstaunen die Aufregung auf dem Hof. Verwundert blinzelte er den Inspektor durch die Brillengläser an.

„Der schwarze Armbrustschütze hat wieder zugeschlagen!" rief Harry. „Hast du nichts bemerkt, Onkel Ashwood?"

„Was habt ihr eigentlich seit Wochen mit einem Armbrustschützen im Sinn, Harry? Wollt ihr eine historische Jagd veranstalten?"

„Sir, ich muß Sie fragen, ob Sie jemanden im Wald bemerkt haben!" schaltete Pommery sich ein.

„Das ist Inspektor Pommery von Scotland Yard", beeilte Harry sich zu erklären.

„Inspektor? Interessant. Ich habe noch nie einen Scotland-Yard-Inspektor gesehen." Pommery schätzte Ashwood Blair auf mindestens sechzig. Er trug einen grauen Vollbart und wirkte wie ein zerstreuter Wissenschaftler. Er sagte: „Was Ihre Frage angeht, Inspektor: Ich habe jemanden gesehen. Merkwürdige Gestalt übrigens. Völlig schwarz."

„Wohin ist er gelaufen?"

„Südwärts, soweit ich sehen konnte."

„Inspektor!" Der Verwalter näherte sich von hinten. Er hielt ein Papier in den Händen. „Ich habe mir fast so etwas gedacht und habe deshalb bei den Pferdeställen nachgeschaut. Dort hinterläßt er seine Nachrichten immer."

Pommery nahm das Papier und faltete es auseinander. In ausgeschnittenen Zeitungsbuchstaben stand darauf zu lesen: „Keine Polizei! Schickt den Schnüffler weg! Verlaßt Caxton Manor! Ihr habt nur noch zwei Wochen!"

Darunter war mit unbeholfenen Strichen eine Armbrust gezeichnet.

„Du hast wirklich Glück gehabt, Onkel Ashwood", sagte Harry Blair gerade. „Es muß endlich Schluß damit sein, daß du allein auf die Jagd gehst, während sich dieser Verrückte in den Wäldern herumtreibt. Du weißt genau, was Anabell passiert ist."

Sir Reginald hinkte, schwer auf seine Krücke gestützt, heran. Pommery reichte ihm den Drohbrief. Der Colonel schnaufte wütend.

„Beim letzten Mal hat er uns noch vier Wochen Frist gelassen. Jetzt nur noch zwei. Das ist wohl die Strafe dafür, daß wir Sie hergeholt haben, Inspektor."

„Er muß sehr gut über Ihre Pläne und Gewohnheiten Bescheid wissen und hat diesen Anschlag ausgezeichnet geplant", sagte Pommery. „Der Brief ist aus Zeitungen zusammengeschnipselt worden. Das muß er mindestens gestern schon gemacht haben. Er hat also gewußt, daß ich heute komme und wann ich im Haus bin."

„Da haben Sie recht", polterte Sir Reginald. „Wahrscheinlich hat das Personal geredet, und . . ."

„Ist das gesamte Personal anwesend?" fragte Pommery schnell.

„Ich habe das bereits überprüft, Sir", antwortete Andrew Bates. „Bis auf die Schafhirten sind alle hier. Aber die Schafweiden liegen in entgegengesetzter Richtung vom Wald, ziemlich weit entfernt."

„Ist dieser Landsitz es wirklich wert, daß wir alle dafür umgebracht werden?" schrie Harry Blair auf einmal los. „Man kann sich doch nirgends mehr sicher fühlen, wenn dieser Strolch genau darüber im Bilde ist, was wir vorhaben und wo wir uns aufhalten. Man muß bei jedem Schritt das Gefühl haben, daß er hinter einem steht und seine Armbrust schon im Anschlag hat. Schon der nächste Bolzen, den er abschießt, kann tödlich sein!"

„Sollen wir uns durch einen nachgemachten Spuk von unserem eigenen Grund und Boden verjagen lassen?" donnerte Sir Reginald. Mehr denn je glich er einem alten Löwen. „Mich muß man hier raustragen – freiwillig gehe ich nicht!"

„Haben Sie irgendwelche Feinde, Sir?" schaltete Pommery sich ein. „Das müßten Personen sein, die diesen Landsitz, die näheren Örtlichkeiten und die Legende von dem Rächer kennen."

„Darüber habe ich selbst schon nachgedacht, Inspektor. Nein, ich kenne niemanden."

„Und wie sieht es mit dem Haus selbst aus, Sir, gibt es etwas Besonderes hier, das jemanden veranlassen könnte, Sie zu verjagen?"

„Es gibt weitaus wertvollere und größere Landsitze in dieser Gegend als Caxton Manor", antwortete Harry Blair. „Hier weiß niemand, was das alles soll. Und vielleicht steht dieser Kerl mit seiner Armbrust jetzt schon wieder oben am Wald und zielt auf uns! Vielleicht schlägt gleich ein Bolzen ein – und einer von uns ist tot!"

„Dann verkriech dich doch", gab Sir Reginald verächtlich zurück.

„Wenn ihr mich fragt", ließ sich die brüchige Stimme von Ashwood Blair vernehmen, „das kann unmöglich ein Engländer sein. Kein Engländer würde so etwas tun. Es ist ganz und gar unenglisch." Er rückte an seiner Brille und trottete mit dem Hund zum Haus.

„Onkel Ashwood glaubt, in Großbritannien seien die Tugenden der ganzen Welt vereinigt. Er steckt voller Vorurteile gegen alles, was nicht aus England stammt", erklärte Harry. „Ein typischer Bewohner der Kolonien. Dort geht es britischer zu als hier in England. Davon ist er nicht abzubringen."

„Ich schlage vor, daß Sie alle wieder ins Haus gehen",

sagte Inspektor Pommery. „Mr. Bates, achten Sie darauf, daß das Personal zusammenbleibt."

„Und Sie, Inspektor?"

„Ich werde mich umsehen", antwortete Pommery vieldeutig.

Seltsame Beobachtungen

Die Fußabdrücke, die Pommery oberhalb des Herrenhauses gefunden hatte, führten ein Stück in den Wald und endeten abrupt. Der Mann, der vom Waldrand aus in den Salon von Caxton Manor geschossen hatte, hatte seine Fährte geschickt verwischt.

Pommery bewegte sich auf gut Glück weiter. Der Wald wurde bald dichter, aber Pommery ließ sich nicht aufhalten. Er brach durch das Dickicht, quälte sich durch verfilztes Strauchgewirr und lief unter alten Eichen entlang, deren Blätterdach so dicht war, daß kein Sonnenstrahl bis zum Waldboden drang.

Der Inspektor wußte, welches Risiko er einging. Überall konnte der Armbrustschütze lauern, diese geheimnisvolle Gestalt, von der die Dorfbewohner phantasierten.Ebenezer Pommery fielen einige Geschichten von Edgar Wallace ein, seinem Lieblingsschriftsteller, den er zugleich für einen der größten Kriminalisten seiner Zeit hielt. Wallace hatte ähnliche Erscheinungen beschrieben. Sie mochten noch so phantastisch sein, immer steckte etwas Handfestes dahinter. Aber für Kombinationen und Überlegungen war jetzt keine Zeit.

Pommery mußte sich erst einen Eindruck verschaffen, bevor er endgültige Schlüsse ziehen konnte. Und der Weg durch die tiefen Wälder von Caxton Manor erforderte seine gesamte Aufmerksamkeit.

Hier gab es zahllose Verstecke. Ein geschickter Mann konnte sich hier problemlos verborgen halten und seine Jäger an der Nase herumführen.

Er hatte den Reitweg, den Sir Reginald ihm beschrieben hatte, lange passiert und näherte sich dem Roding River, als ihn eine harte Stimme traf: „Was treiben Sie hier?"

Pommery erschrak, als er den hageren Mann im grünen Jagdanzug sah, der hinter einigen Akazien auftauchte und eine doppelläufige Flinte in seinen Händen hielt. Er hatte ihn nicht bemerkt, und ihn durchzuckte der Gedanke, daß sein Schicksal besiegelt gewesen wäre, hätte es sich um den Armbrustschützen gehandelt.

„Ich suche nach Spuren." Pommery zog seinen Ausweis aus der Tasche. Der hochgewachsene Mann warf einen Blick darauf und zog die Augenbrauen hoch.

„Scotland Yard? Trotzdem, Inspektor: Ich schätze es nicht, daß Fremde sich auf meinem Land herumtreiben." Er hatte ein hochmütiges Gesicht. „Ich bin der Duke of Gwynn."

„Ich bitte um Entschuldigung, Sir. Ich glaubte, ich sei noch auf Caxton Manor."

„Ich hätte mir denken können, daß Sie vom alten Blair kommen. Läßt er den Armbrustschützen jetzt schon von Scotland Yard jagen?"

„Sie halten anscheinend nicht viel von der Geschichte."

„Hirngespinste", antwortete der Duke of Gwynn. „Die Legende sagt, der schwarze Armbrustschütze sei ein Rächer gewesen. Sehen Sie, Inspektor: Ich nehme an, es treibt sich ein Wilderer hier herum. Ein Bauernbursche aus Fyfield, der sich ab und zu einen Braten schießen will. Er hat sich ein bißchen vermummt, damit man ihn nicht erkennt. Und schon ist die Geschichte von dem alten Spuk wieder hochgekommen. Ich kann Ihnen sagen, daß ich diesem Kerl eine Ladung Schrot aufbrennen würde, wenn er sich in meinem Revier blicken ließe."

„Ich habe leider miterlebt, wie auf die Blairs geschossen wurde, Sir", entgegnete Pommery. „Wie stehen Sie zu Ihren Nachbarn?"

„Das ist wohl ein Verhör?" Gwynn lächelte überheblich. „Nun gut, vielleicht bin ich der Spuk von Caxton Manor. Um ehrlich zu sein, hätte ich nichts dagegen, andere Nachbarn zu bekommen. Der alte Blair ist ein ungehobelter Kerl. Es wäre besser gewesen, eine standesgemäße Familie hätte Caxton Manor gekauft."

„Ich war der Meinung, die Blairs seien eine alteingesessene Familie?" fragte Pommery überrascht.

„Oh nein, Inspektor. Die Blairs leben seit nicht einmal zehn Jahren hier. Davor hat der Landsitz fast fünfzehn Jahre leer gestanden. Schon die Davonports, die vorher hier gelebt haben, hatten Caxton Manor nur vier Generationen in Besitz. Die eigentlichen Erbauer, die Familie Caxton, sind damals ausgestorben. Es gibt keine Nachkommen mehr."

„Und die Davonports?" fragte Pommery.

„Eine merkwürdige Geschichte, Inspektor." Der Duke

runzelte die Stirn. „Sie sollen in dunkle Geschäfte verwickelt gewesen sein. Niemand hat etwas Genaues erfahren. Man sagt, sie seien nach Übersee gegangen, andere sagen, Neal Davonport, das Familienoberhaupt, sei im Gefängnis gestorben. Eine unerfreuliche Angelegenheit. Man hat nie mehr von ihnen gehört. Der alte Blair hat das Gut dann gekauft und wirklich wieder hochgebracht – aber er ist ein unangenehmer Mensch."

„Können Sie sich vorstellen, daß jemand die Blairs so sehr haßt, daß er sie von Caxton Manor verjagen möchte?"

Der Duke of Gwynn überlegte einen Moment. Er sagte: „Gestritten hat sich Sir Reginald mit vielen Leuten hier. Aber hier leben keine Verbrecher, Inspektor."

Pommery dankte für die Auskünfte und ließ sich den Rückweg beschreiben. Er fühlte, wie seine Beine schwer wurden, während er durch den Wald stapfte.

Als er nicht mehr weit von Caxton Manor entfernt war, hörte er plötzlich ein Rascheln im Unterholz. Unwillkürlich ließ er sich fallen und zog seine Dienstpistole unter dem Jackett hervor. Ein feines Sirren durchschnitt die Luft. Ein kurzer, trockener Laut jagte ihm einen kalten Schauer über den Rücken. Plötzlich steckte ein roter Bolzen über ihm in einem Baumstamm. Angestrengt starrte er in die Richtung, aus der der Pfeil gekommen sein mußte. Er zögerte zu schießen. Und er sah und hörte nichts mehr. Er richtete sich auf und lief ein Stück in die Richtung, aus der der Schuß gekommen war. Er fand nichts. – „Es war eine Warnung", murmelte er. Er hatte das Gefühl, beobachtet zu werden, während er weiterging.

Die tiefe, dröhnende Stimme Sir Reginalds hallte nach draußen. Pommery ging die Freitreppe hoch und trat durch das offene Portal in die geräumige Diele des Herrenhauses. Sie wirkte durch die dunkle Eichentäfelung, die wuchtigen Deckenbalken, die handgewebten Teppiche und die ländlichen Truhen und Kommoden anheimelnd.

„Ich sollte Sie die Treppe hinunterwerfen!" schnaubte Sir Reginald gerade. „Ich bin es jetzt endgültig leid, mich bedrohen und in meinem eigenen Haus angreifen zu lassen."

„Aber lieber Sir Reginald", stammelte der Mann, der vor dem alten Colonel stand, „ich bin weit davon entfernt, Sie anzugreifen oder auch nur zu bedrohen. Das ist ein furchtbares Mißverständnis."

„Ich habe Sie genau verstanden!" polterte Sir Reginald. Er stützte sich schwer auf seine Krücke, machte aber ganz den Eindruck, als sei er bereit, mit dieser Krücke auf seinen Besucher einzuschlagen, falls das nötig werden sollte. „Na, Inspektor!" rief er über den Besucher hinweg. „Haben Sie etwas gefunden?"

„Vielleicht", antwortete Pommery vielsagend. Er betrachtete den Fremden neugierig; es war ein mittelgroßer, schlanker Mann von billiger Eleganz, dessen aschblondes Haar mit aufdringlich duftender Brillantine in Form gebracht worden war.

„Stellen Sie sich vor", bullerte Sir Reginald weiter. „Da kommt dieser Bursche hier hereinspaziert und erklärt mir, er werde mein Haus verkaufen."

„Ich versichere Ihnen, daß ich völlig unschuldig bin", sagte der Mann mit gequältem Gesichtsausdruck. „Mein

Name ist Cartland. Ich bin Makler in Fyfield. Ich versuche Sir Reginald die ganze Zeit zu erklären, daß ich telefonisch hierher bestellt worden bin."

„Das ist gelogen!" schrie Sir Reginald. Lady Mary tauchte jetzt auf der Treppe zum ersten Stock auf. „Beruhige dich doch, Reginald!" Sie stellte sich neben ihn.

„Wer hat Sie herbestellt?" fragte Pommery.

„Ein Gentleman, Sir", erklärte der Makler. „Eine sehr angenehme männliche Stimme. Sie meldete sich mit ‚Caxton Manor' und sagte, daß ich herkommen solle, weil man meine Dienste benötige. Caxton Manor solle verkauft werden. Ich habe nicht daran gezweifelt, Sir, denn man hört in letzter Zeit einige Gerüchte im Dorf, und, um ehrlich zu sein, es wäre gar nicht so einfach, diesen Landsitz zu verkaufen. Die Gerüchte sind wertmindernd und . . ."

„Ich denke gar nicht daran zu verkaufen!" donnerte Sir Reginald.

Pommery winkte besänftigend ab, und Lady Mary legte ihrem Mann beruhigend die Rechte auf die Schulter.

„Man hat sich einen üblen Scherz mit Ihnen erlaubt, Mr. Cartland", sagte Pommery. „Er richtete sich gegen Sir Reginald."

„Dann werden meine Dienste als Makler also gar nicht gebraucht?"

„Nein, zum Teufel!" schrie Blair.

„Ich bitte um Entschuldigung, Sir, obwohl ich diese schlechte Behandlung nicht verdient habe und mich keinerlei Schuld trifft." Der Makler wirkte sichtlich verärgert. Er verließ das Haus. Sir Reginald stampfte mit der Krücke auf und sagte: „Faule Tricks! Diese Krämerseele will sich das Haus unter den Nagel reißen."

„Ich glaube, er hat die Wahrheit gesagt", wandte Pommery ein. „Der Armbrustschütze will Sie auf jede nur mögliche Weise unter Druck setzen."

Sie begaben sich in die Bibliothek. Im Salon waren bereits Männer unter Aufsicht von Andrew Bates dabei, eine neue Fensterscheibe einzusetzen.

Anabell war auf ihrem Zimmer. Sie stand unter einem Schock. Harry war blaß und nervös und klammerte sich an einem Whiskyglas fest, während Ashwood Blair zerstreute Gelassenheit ausstrahlte und den Inspektor einfältig anlächelte.

„Überlegen Sie bitte genau, Sir Reginald", sagte Pommery, „gibt es in der Geschichte dieses Hauses etwas, was jemanden dazu bringen könnte, Sie von hier zu vertreiben?"

„Dies ist ein ganz gewöhnlicher alter Landsitz, Inspektor", sagte Sir Reginald. „Hier ist nicht mehr und nicht weniger passiert als auf anderen Landgütern. Unsere Vorbesitzer waren anscheinend keine sehr anständigen Menschen. Darüber gibt es jedoch nur Gerüchte. Ich habe das Haus seinerzeit von einem Notar gekauft, der als Nachlaßverwalter fungierte. Niemand der Davonports war noch am Leben. Das Geld ist wohl dem Staat zugefallen. Ansonsten fällt mir nichts ein, was dieses Haus betrifft. Außerdem leben wir seit zehn Jahren ungestört und in tiefstem Frieden hier."

„Das ist ein wenig übertrieben", schaltete Harry sich ein. „Mein Vater kann nicht in tiefstem Frieden leben, er streitet gern."

„Unsinn, ich sage nur immer meine Meinung unverblümt. Wenn das einigen Dummköpfen nicht gefällt ..."

„Sie haben sich wohl auch mit dem Duke of Gwynn gestritten?" fragte Pommery vorsichtig.

„Dieser Kerl ist eine Landplage", bullerte Sir Reginald. „Er schleppt wahrscheinlich immer einen Zollstock mit sich herum, um nachzumessen, ob man einen Schritt über die Reviergrenze in seinen Wald tut. Während jeder Jagd liegt er auf der Lauer und paßt auf, ob womöglich eine Ente geschossen wird, die bereits über seinem Wald fliegt. Widerlich! Außerdem sieht er auf jeden einfachen Menschen herab, als ob er etwas Besseres sei. Dabei hat er seinen Titel nur ererbt – ich habe mir meinen Ritterschlag verdienen müssen."

„Trauen Sie einem Ihrer Nachbarn zu, daß er Gewalt anwenden würde, um Sie zum Wegziehen zu bewegen?"

„Im Grunde nicht, Inspektor."

„Das ist gewiß kein Engländer, Inspektor", fügte Onkel Ashwood selbstgefällig hinzu. „Sie werden es schon sehen."

„Ich kann Ihnen nur raten, nicht mehr allein das Waldgebiet zu betreten", sagte Pommery. „Ich werde mich um eine schnelle Klärung bemühen, brauche dazu alllerdings Ihre Hilfe. Wenn Ihnen etwas dazu einfällt, rufen Sie mich bitte an. Ich werde versuchen, in London Erkundigungen über Caxton Manor einzuziehen und melde mich wieder."

„Ich hoffe, Sie sind so tüchtig, wie man es Scotland Yard im allgemeinen nachsagt", bemerkte Harry Blair.

„Niemand ist vollkommen", antwortete Pommery mit melancholischem Lächeln.

Die Straße nach Fyfield war schlecht. Der Sunbeam Roadster polterte durch unzählige Schlaglöcher und war ständig in eine Staubwolke gehüllt, als er sich dem Ort näherte.

Fyfield war eine kleine Landgemeinde mit wenigen Geschäften, einer Bank und vier oder fünf Dutzend niedrigen grauen Häusern mit Schindeldächern, deren Bewohner meist auf den Landgütern der Umgebung arbeiteten.

Pommery wurde in dem schlecht gefederten Wagen durchgeschüttelt. Er sehnte sich nach London zurück. In ihm brannten zahllose Fragen, über die er in Ruhe nachdenken wollte. Und er wollte bei Edgar Wallace nachschlagen, in dessen Büchern er schon bei vielen Fällen die entscheidenden Anregungen für eine Lösung gefunden hatte.

Dennoch hatte er sich für den Umweg über Fyfield entschieden, um den Makler aufzusuchen und dem Mann noch einige Fragen zu stellen.

Er fuhr durch die Hauptstraße von Fyfield, wich einer Gänseherde aus, wurde ein Stück von einem kläffenden Hund verfolgt und wollte gerade anhalten, um einen Passanten nach dem Makler Cartland zu fragen, als er den Mann vor einem zweistöckigen Haus stehen sah. Pommery gab unwillkürlich Gas und fuhr vorbei. Er brachte seinen Wagen in einer schmalen Seitengasse zum Stehen und stieg aus. Zu Fuß ging er zur Hauptstraße zurück. Das zweistöckige Gebäude, vor dem er jetzt auch ein Schild bemerkte, das auf das Maklerbüro hinwies, befand sich keine vierzig Schritte entfernt.

Cartland unterhielt sich gestikulierend mit einem hochgewachsenen, hageren Mann in grünem Anzug – es war der

Duke of Gwynn. Cartland war sichtlich erregt. Pommery war sicher, daß er von seinem Besuch auf Caxton Manor berichtete. Während er noch überlegte, unter welchem Vorwand er die Unterhaltung stören konnte, hielt am Straßenrand ein weiteres Auto, und Andrew Bates stieg heraus. Er gesellte sich zu Cartland und dem Duke. Der Makler verabschiedete sich und verschwand im Haus, während der Duke of Gwynn und Bates angeregt miteinander sprechend die Straße hinunterschritten.

Pommery entschloß sich zu folgen, doch sein Entschluß wurde jäh durchkreuzt, als in hoher Geschwindigkeit ein eleganter Rolls Royce vorbeifuhr. Pommery erkannte Harry Blair hinter der Windschutzscheibe. Der junge Mann fuhr selbst. Er hatte Pommery nicht bemerkt. Pommery überlegte noch, was Andrew Bates mit einem Mann zu besprechen hatte, der zu den Feinden Sir Reginalds gehörte, hastete dann zu seinem Wagen zurück, warf ihn mit Hilfe einer Kurbel an und nahm die Verfolgung auf.

Mehrfach verlor er den Rolls Royce aus den Augen, doch blieb er immer auf der richtigen Route. Harry Blair fuhr nach London. Er erreichte die Stadt am späten Nachmittag und lenkte den Rolls Royce nach Tottenham. Hier verlor Inspektor Pommery den Anschluß. Nach einiger Suche fand er den Wagen Blairs in einer Seitenstraße. Er parkte in der Nähe und näherte sich zu Fuß. Der Rolls Royce stand vor einem kleinen, aber eleganten Waffengeschäft. Pommery trat zum Schaufenster und versuchte zu erkennen, was Harry Blair in dem Geschäft tat. Doch sein Blick wurde von etwas anderem gefesselt: Neben einigen erstklassigen, atemberaubend teuren „Holland-&-Holland"-Jagdgewehren stand in einer Ecke des Schaufensters eine Armbrust. Auf einem Schild daneben war zu lesen: „Für den Jäger, der das Besondere sucht, für den Sportsmann, der das Schießen in höchster und klassischer Vollendung betreiben will!"

Pommery ging rasch weiter. Er beobachtete, wie Harry Blair aus dem Geschäft trat, sich scheu umsah und davonfuhr. In Gedanken versunken kehrte Pommery zu seinem Automobil zurück.

Weiß Edgar Wallace Rat?

Inspektor Pommery brütete über mehreren Büchern, als Sergeant Daven sein kleines Büro in Scotland Yard betrat. Daven, sein beflissener, manchmal übereifriger, aber sehr anstelliger Untergebener, brachte einen Stapel Dokumente, den er vor Pommery auf den Schreibtisch legte, ohne dessen Aufmerksamkeit zu erregen.

„Glauben Sie, die Lösung bei Edgar Wallace zu finden, Chef?" fragte er. Er setzte sich. Pommery nahm die silberne Zigarettenspitze aus dem Mund und lehnte sich mit leisem Seufzen zurück. Er sagte: „Dieser Wallace ist ein Genie, Daven. Es ist mein größter Wunsch, einmal persönlich mit ihm zu sprechen. Ich glaube, jeder von uns könnte eine Menge von ihm lernen. Es gibt nichts, was er nicht beschrieben hat. Kein Verbrechen ist ihm fremd, keine menschliche Schwäche ist ihm unbekannt. Wenn man nicht wüßte, daß er ein außerordentlicher Schriftsteller ist, könnte man annehmen, daß er persönlich in den tiefsten Unterweltkreisen verkehrt hätte. Wie der Mann es fertigbringt, in die Gehirne von Verbrechern zu schauen und deren Gedanken darzustellen – großartig!"

„Und was bedeutet das in diesem Fall, Sir?" fragte Daven. Er hatte früher manchmal über die Marotte seines Chefs gespottet, sich Anregungen für die Klärung von besonders rätselhaften und ungewöhnlichen Kriminalfällen aus den Büchern von Edgar Wallace zu holen. Doch die außerordentlichen Erfolge Pommerys mit dieser Methode hatten ihn überzeugt, so daß auch er inzwischen ein eifriger Edgar-Wallace-Leser geworden war und immer wieder erstaunt feststellte, welche Ähnlichkeiten zwischen dessen Romanen und den tatsächlichen Verbrechen, die er zu klären hatte, bestanden.

„Ich weiß, Sie haben noch nicht soviele Wallace-Bücher gelesen wie ich", begann Pommery nachdenklich. „Aber Ihnen ist sicher die Geschichte ‚Der grüne Bogenschütze' bekannt. Hier versucht jemand, sich eine alte Wildererlegende zunutze zu machen. Auf den Landgütern bei Fyfield heißt es dazu, daß der Schütze immer aufgetaucht ist, um unehrliche Gutsbesitzer zu bestrafen. Im Falle des grünen Bogenschützen machte sich ein für tot gehaltenes Familienmitglied die Legende zunutze, um Rache an seinen verhaßten Verwandten zu nehmen. Auf Caxton Manor deutet nichts darauf hin, daß es so ein verschollenes Familienmitglied gibt, und die Blairs wirken auch nicht so, als seien sie innerlich zerstritten. Doch auf den äußeren Schein darf man sich nicht verlassen – sagt Edgar Wallace. Denn soviel steht fest: Der Täter muß die alten Legenden um Caxton Manor kennen und gleichzeitig auf das Genaueste vertraut mit dem Familienleben der Blairs sein."

„Vielleicht gibt es doch einen Verwandten der Blairs, der sich an seiner Familie rächen will", warf Sergeant Daven ein.

„Ich will es nicht ausschließen, aber bedenken Sie, Sergeant, was Edgar Wallace in seinem Buch ‚Der rote Kreis' beschrieben hat: Eine Erpressergeschichte von äußerster Raffinesse. Hier baut der Täter auf Spitzeldienste verschiedenster Helfer, die bis in die intimsten Einzelheiten über vornehme Familien Bescheid wissen. Man sollte diese Möglichkeit nicht außer acht lassen. Ich glaube, wichtig für uns ist es zunächst, daß wir uns ein Bild über die Geschichte von Caxton Manor verschaffen und über die Familien, die dort je gelebt haben. Haben Sie Unterlagen über die Davonports gefunden, Sergeant?"

„Es war gar nicht so einfach, aber ich habe die Akten aufgetrieben, Inspektor. Wegen Caxton Manor war ich in der Fleet Street und habe einige Zeitungsarchive besucht. Ich habe darin auch Notizen über den Schützen vom Roding River gefunden, der die Gutsbesitzer bestraft, wenn sie ihre Macht mißbrauchen."

Pommery blätterte, während Daven sprach, in dem Wallace-Roman „Der Doppelgänger". Der Inspektor stieß einen Pfiff aus. Er sagte: „Stellen Sie sich einen Täter vor, der in die Gestalt seiner Opfer schlüpft, Sergeant. Er läßt sie verschwinden und tritt in ihrem Namen auf, und selbst engste Familienangehörige lassen sich täuschen."

„Das wäre geradezu phänomenal, Chef."

„Ein solcher Täter wäre fast nicht zu packen."

„Wenn Edgar Wallace eine solche Möglichkeit nicht beschrieben hätte, Sir", sagte Daven.

„Richtig, Sergeant! Wir verdanken Edgar Wallace die Kenntnis von Kriminalfällen, die keine Polizeischule lehrt. Wer Wallace liest, ist dem gemeinsten Verbrecher immer einen Schritt voraus."

„Sie halten es also für möglich, daß der Wallace-Fall ‚Der Doppelgänger' in unserem Fall zur Anwendung kommen kann, Sir?"

„Selbst die nächsten Angehörigen werden getäuscht", wiederholte Inspektor Pommery. „Ein Täter läßt ein Familienmitglied verschwinden und schlüpft unerkannt in dessen Rolle. Auf diese Weise verschleiert er das erste Verbrechen und bereitet das nächste vor. Und seine Opfer, die nichts davon wissen, helfen ihm sogar dabei . . ."

Pommerys Blick glitt ins Leere. Unvermittelt zog er die Dokumente heran, die Daven gebracht hatte. Sein meist verschlafen und harmlos wirkender Gesichtsausdruck hatte sich gewandelt. Seine Augen funkelten, und ein straffer Zug verlieh ihm das Gesicht eines Jägers, der die Beute schon vor sich hat.

„Haben Sie etwas gefunden, Chef?" fragte Sergeant Daven, der diese Veränderung Pommerys schon kannte. „Sagen Sie bloß, Sie haben von Edgar Wallace eine Anregung erhalten?"

„Edgar-Wallace-Romane sind immer für Anregungen gut", erwiderte Pommery vieldeutig. Vom Big Ben hallten fünf dumpfe Glockenschläge herüber. „Tea-Time,

Daven“, sagte Pommery. „Ich lade Sie zum Tee ein. Ich glaube, wir haben viel zu besprechen. Haben Sie Lust, ein paar Tage aufs Land zu fahren?“

„Nach Caxton Manor, Inspektor?“ Daven sprang aufgeregt hoch. „Aber natürlich, Sir.“

Ein Mensch verschwindet

Anabell Blair verließ das Herrenhaus, als die Abendsonne in feurigem Rot über dem Roding River stand und die grüne Hügellandschaft genauso wie die tiefen Wälder in ein weiches Licht tauchte.

Ein linder Wind rauschte in den Wipfeln der herrlichen alten Eichen und Kastanien. Die zarten, pastellfarbenen Seerosenblüten auf dem Teich hatten sich geschlossen. Anabell Blair schlenderte vorbei.

Sie schaute zu den Gesindehäusern hinüber. Im Stall wurden die Schweine und Kühe versorgt. Sie hörte die Stimme von Andrew Bates und erreichte einen Waldpfad, der zum Fluß hinunterführte. Anabell wußte, daß der Inspektor geraten hatte, keiner der Blairs möge allein aus dem Haus gehen, aber die Enge des alten Landsitzes bedrückte sie. Sie wollte sich nicht einsperren lassen. Der Wunsch, das Singen der Grillen und die Rufe der Frösche am Flußufer zu hören, war stärker gewesen als die Angst. Doch eine gewisse Unsicherheit blieb, während sie weiterschlenderte. Bald hatte sie sich so weit entfernt, daß sie das Herrenhaus nicht mehr sehen konnte.

Tief sog sie die würzige Waldluft ein und wurde ruhiger. Sie trug ihre Reithosen, wie meistens, wenn sie sich auf dem Gelände von Caxton Manor bewegte, und hatte eine leichte Wolljacke übergezogen. Das kastanienbraune Haar fiel offen auf ihre Schultern. Sie erreichte den Roding River und ließ sich oberhalb der Uferböschung nieder. Der Wind rauschte in den Gehölzen und raschelte in den Rohrkolben. Ein paar Wildenten zogen mit heiseren Schreien über den Fluß. Das Wasser schimmerte wie flüssige Glut in der Abendsonne. Die Schatten verdichteten sich. Anabell erhob sich, überwältigt von der Schönheit des vergehenden Tages. Sie trat zurück in den Wald.

Da sah sie die schwarze Gestalt aus dem Unterholz auftauchen. Erst dachte sie, es handle sich um einen Schatten. Doch morsches Reisig brach knackend unter den Füßen des Mannes, und Anabell blieb wie angewurzelt stehen.

„Du?“ flüsterte sie. „Du . . .?“ Die schwarze Gestalt trat näher . . .

Die Aufregung, die jeden Bewohner des Landhauses erfaßt hatte, war für den Besucher beinahe körperlich spürbar. Verschwitzt nach einer langen, unbequemen Fahrt, traten Pommery und Sergeant Daven in den Salon von Caxton Manor. Nichts mehr deutete hier auf den Anschlag des Armbrustschützen hin, den Pommery miterlebt hatte. Die Familie hatte sich versammelt. Anabell war nicht anwesend. Dafür saß Onkel Ashwood in einem Sessel und hielt ein französisches Buch in den Händen. Auch er wirkte bedrückt und nervös.

„Endlich sind Sie da!“ Sir Reginald erhob sich von seinem Platz und humpelte dem Inspektor entgegen, der mit wenigen Worten Sergeant Daven vorstellte.

„Wir sind so schnell gekommen wie es ging“, sagte Pommery. „Seit wann genau ist Miß Anabell verschwunden?“

„Zum Dinner gestern abend war sie noch da. Dann ist sie auf ihr Zimmer gegangen, und danach muß sie das Haus zu einem Spaziergang verlassen haben.“ Lady Mary besaß eine starke Selbstkontrolle, aber ihrem Gesicht war anzusehen, daß sie die Nacht nicht geschlafen und sogar geweint hatte.

„Dieses leichtsinnige Huhn!“ bullerte Sir Reginald. „Alle haben sich an Ihren Rat gehalten, Inspektor. Bloß Anabell nicht. Vermutlich hatte sie wieder eine ihrer romantischen Anwandlungen: Abendrot über den Wäldern, Sonnenuntergang am Fluß – na, Sie wissen schon.“

„Bodenloser Leichtsinn“, erregte sich Harry Blair. „Allerdings muß ich auch Sie fragen, Inspektor, was Sie eigentlich getan haben? Sie haben hier draußen nichts unternommen, dem Täter auf die Spur zu kommen.“

„Wollen Sie mich über Polizeiarbeit belehren, Sir?“ fragte Pommery schneidend. „Dann erklären Sie mir, was Sie an jenem Tag, als ich das erstemal hier war, in dem Waffengeschäft ‚Baker & Co‘ in Tottenham getan haben. Dieses Geschäft führt moderne Armbrüste.“

Harry wurde bleich: „Sie haben mich beschattet? Das ist doch . . .“

„Gib eine Antwort!“ donnerte Sir Reginald mit hochrotem Kopf.

„Ich habe Munition gekauft“, erwiderte Harry kleinlaut.

„Bolzen?“ fragte Pommery. Harry schüttelte den Kopf: „Natürlich nicht! Wollen Sie mich etwa verdächtigen?“

„Jeder ist verdächtig!“ schnappte Sergeant Daven, und Inspektor Pommery fuhr fort: „Ich war keineswegs untätig. Es steht für mich inzwischen unumstößlich fest, daß irgendwo in Caxton Manor ein beträchtlicher Schatz verborgen ist. Wer immer der schwarze Armbrustschütze ist, Sir Reginald, er will Sie und Ihre Familie hier weg haben, um in Ruhe den Schatz suchen und bergen zu können.“

Überrascht setzte sich Sir Reginald wieder in einen Sessel. Für einen Moment schienen alle Anwesenden das spurlose Verschwinden von Anabell, das am Vorabend entdeckt worden war, vergessen zu haben. Pommerys Mitteilung hatte wie eine Bombe eingeschlagen.

„Die Familie Davonport, denen das Haus mehrere Generationen lang gehört hat“, fuhr Pommery fort, „war in mehrere umfangreiche Betrügereien und geschäftliche Manipulationen verwickelt. Das damalige Oberhaupt der Familie, Neal Davonport, hatte das ererbte Vermögen durchgebracht und war daraufhin in Kontakt mit einem berüchtigten Aktienschwindler und Geldfälscher geraten. Kurz und gut: Die Verbrechen der Davonports wurden aufgedeckt, als es ihnen gelungen war, die Bank von England mit Hilfe eines raffinierten Tricks um nahezu fünf Millionen Pfund Sterling zu betrügen.“

„Alle Wetter“, entfuhr es Sir Reginald, und Onkel Ashwood murmelte: „Wie unbritisch, pfui Teufel!“

„Die Angelegenheit wurde weitgehend geheimgehalten“, erklärte Pommery. „Stellen Sie sich den Skandal vor, den es gegeben hätte, wäre bekannt geworden, daß die Bank von England sich so hat hereinlegen lassen. Deswegen weiß niemand in Fyfield und Umgebung, was wirklich mit den Davonports geschehen ist. Neal Davonport wurde zu einer hohe Zuchthausstrafe verurteilt. Er ist in Dartmoor gestorben. Der Besitz der Familie wurde eingezogen. Die anderen Familienmitglieder wurden in die Kolonien deportiert. Nach vorliegenden Informationen sind sie dort alle inzwischen gestorben. Der Notar, von dem Sie, Sir Reginald, das Haus gekauft haben, war nicht Nachlaßverwalter der Davonports, sondern ein Vermögensverwalter der Regierung. Natürlich wurde darüber nicht gesprochen. Die Regierung ist froh, daß der Betrug der Davonports nicht weithin bekannt geworden ist. Allerdings steht eines fest: Die fünf Millionen Pfund wurden nie gefunden. Auch Davonports Kumpan hat sie nicht auf die Seite bringen können. Für mich bedeutet das: Das ergaunerte Geld liegt irgendwo in diesem Haus versteckt."

Er räusperte sich. „Ich hatte so etwas gleich vermutet, Sir Reginald. Haben Sie je Edgar Wallace gelesen? Nein? Das sollten Sie tun. Auch in der Geschichte ‚Der schwarze Abt' geht es um einen verborgenen Schatz. Jedes Verbrechen braucht ein Motiv. Das haben wir jetzt. Ich war, als ich an den ‚schwarzen Abt' dachte, sofort überzeugt, daß der Armbrustschütze nicht Ihrer Familie wegen aufgetaucht ist, sondern des Hauses wegen – zumindest vordergründig. Denn natürlich gibt es einen familiären Zusammenhang. Der Armbrustschütze ist bestens über alles informiert, was hier im Haus geschieht. Deswegen kann er so perfekt auftreten."

„Sehen Sie mich dabei nicht so an, Inspektor", sagte Harry beleidigt.

„Sie sollten nicht so ein schlechtes Gewissen haben, Mr. Blair", sagte Pommery. „Ich schlage vor, daß wir zunächst überlegen, ob wir das mögliche Versteck des Geldes herausbekommen und dem Schützen damit zuvorkommen. Ich glaube, wegen Miß Anabell brauchen wir uns noch keine übermäßigen Sorgen zu machen: Der Schütze wird sich wieder melden und sie als Geisel benutzen."

„Wie furchtbar!" Lady Mary schluchzte.

Der Schrei hallte gellend durch den Abend. Inspektor Pommery und Sergeant Daven befanden sich in den Stallgebäuden, die derzeit nicht benutzt wurden, und untersuchten Wände und Fußböden nach Hohlräumen oder vermauerten Durchgängen, nachdem sie sich den ganzen Nachmittag bereits im Herrenhaus bemüht hatten, mögliche Verstecke aufzufinden. Auch dort erfolglos.

Sie rannten aus dem Stall zum Seerosenteich hinüber. Aus dem Küchengarten, der in der Nähe des Waldes lag, stolperte ein kreidebleiches Küchenmädchen herbei. Ihren Korb mit frisch gepflückten Kräutern hatte sie einfach fallenlassen.

Aus dem Haupthaus erschienen jetzt auch Harry, Onkel Ashwood und Andrew Bates. Sir Reginald blieb an der Tür stehen und schrie etwas, was nicht zu verstehen war, denn das Mädchen kreischte: „Ich habe ihn gesehen! Den schwarzen Schützen! Er ist oben am Wald!"

„Sofort hinterher!" rief Harry, den ungewohnter Mut

übermannte. Zusammen mit Onkel Ashwood stürmte er zum Waldrand hoch. Pommery und Daven hasteten hinterher. Nur Andrew Bates eilte ins Haus zurück, um ein Gewehr zu holen.

Pommery hatte seine Dienstpistole gezückt, als er in den Wald eindrang. Er hörte das Keuchen Sergeant Davens hinter sich, verlor ihn aber aus den Augen.

„Dort! Dort ist er!“ hörten sie die Stimme von Onkel Ashwood. Sie konnten ihn nicht sehen. Das Dickicht verbarg ihn. Auf einmal brach sein Rufen ab.

„Onkel Ashwood!“ brüllte Harry Blair. Der Mut hatte ihn schnell verlassen, in seiner Stimme schwang jetzt ganz unüberhörbar Angst mit. „Melde dich, Onkel Ashwood! Inspektor! Wo sind Sie?“

Ein scharfes Sirren war plötzlich in der Luft. Sergeant Daven stieß einen hellen Ruf aus, dann schlug ein Bolzen mit dumpfem Ploppen in einen Baumstamm ein. Daven stürzte. Er blutete aus einer Streifwunde an der linken Schulter. Hier war sein Jackett zerfetzt. Er rappelte sich auf und lief weiter. Gleich darauf standen sie zusammen mit Harry vor einer zerbrochenen Brille im Moos. Der Boden war zerwühlt. Onkel Ashwoods Stock lag ein paar Schritte entfernt.

„Er hat Onkel Ashwood geholt, dieser Teufel!“ jammerte Harry.

Andrew Bates näherte sich mit einem schußbereiten Gewehr. Zu spät.

„Er muß doch in der Nähe sein“, ächzte Sergeant Daven. Er preßte die rechte Hand mit einem Taschentuch auf seine

Verletzung. Sie lauschten, aber kein Geräusch war zu vernehmen.

„Wenn er will, kann er aus dem Unterholz heraus ungesehen auf uns schießen!“ rief Harry. „Mein Gott, der arme Onkel Ashwood . . .!“

„Glauben Sie, daß Sie genügend Leute vom Personal dazu kriegen, den Wald zu durchkämmen?“ fragte Pommery den Verwalter. Bates nickte: „Die Männer bestimmt.“

„Dann beeilen Sie sich, Mr. Bates. Sergeant Daven, Sie brauchen einen Verband. Haben Sie Schmerzen?“

Daven biß die Zähne zusammen. Er nickte. Pommery stützte ihn, als sie zum Haus zurückgingen.

Wenige Minuten später standen sie im Salon. Daven trug einen Verband. Lady Mary hatte einen Zusammenbruch erlitten. In der Nähe der Ställe war eine Nachricht gefunden worden: „Letzte Warnung! Nachdem für die Hinzuziehung der Polizei bereits Miß Anabell büßen mußte, wird Ashwood Blair der nächste sein, der dafür bestraft wird! Bis morgen früh muß Caxton Manor geräumt sein, sonst werden alle sterben!“

„Ich fürchte, die Suche wird nichts ergeben“, sagte Pommery. „Es ist zu dunkel, und der Kerl ist zu geschickt. Ich schlage vor, Sir Reginald, Sie gehen zum Schein auf seine Forderung ein. Sie räumen mitsamt dem Personal Caxton Manor und ziehen für einen oder zwei Tage nach Fyfield. Ich werde hierbleiben und warten. Der Schütze wird sich eine Blöße geben, wenn er glaubt, daß er sein Ziel erreicht hat.“

„Ich soll kapitulieren?“ donnerte Sir Reginald. „Ich habe mich noch nie ergeben!“

„Nur zum Schein, Sir“, beharrte Pommery. „Ich muß darauf bestehen. Denken Sie an Ihre Tochter und Ihren Halbbruder.“

Das Schicksal von Onkel Ashwood schien Sir Reginald wenig zu berühren. Aber der Hinweis auf seine Tochter und der Gedanke an seine Frau, die offenbar am Ende ihrer Kraft war, gaben den Ausschlag. Er nickte mit bärbeißigem Gesicht: „Wollen Sie wirklich allein bleiben, Inspektor?“

„Es muß sein, sonst könnte der Kerl Verdacht schöpfen. Ich wette, er beobachtet uns.“ Pommery zog Sergeant Daven in die Diele. „Sie werden mit nach Fyfield gehen, Sergeant. Keine Widerrede! Sie sind verletzt und brauchen Ruhe. Außerdem will ich, daß Sie den Verwalter und Harry Blair im Auge behalten.“ Pommery strahlte soviel Autorität und Selbstsicherheit aus, daß Daven nicht zu widersprechen wagte.

Der Schütze schlägt zu

Es war still in dem alten Landhaus. Unheimlich knackten die Balken und Dielen. Inspektor Pommery hielt sich in Sir Reginalds Arbeitszimmer auf. Von hier aus hatte er den Waldrand und die Stallgebäude im Auge. Die Anspannung in ihm wuchs, je länger er allein war. Es war noch früh am Tag. Caxton Manor lag wie ausgestorben da.

Plötzlich eine Bewegung in der Nähe der Ställe: Pommery trat dicht ans Fenster. Eine hagere Gestalt tauchte auf, schaute sich um und schlich zu den Gesindehäusern hinüber: Der Duke of Gwynn. Pommery entsicherte seine Dienstpistole und schlüpfte hinaus. Lautlos eilte er um das Haus herum und hatte den Duke vor sich. Er sagte: „Hände hoch, Sir!"

Der Duke of Gwynn zuckte zusammen, als habe ihn ein Blitz getroffen. Langsam drehte er sich um. Als er den Inspektor erkannte, entspannte sich seine Haltung. Peinlich berührt sagte er: „Lassen Sie die Albernheiten, Inspektor. Ich bin – es tut mir leid, daß . . ."

„Was tun Sie hier, Sir?" fragte Pommery, ohne die Pistole zu senken. Der Duke schaute sich um. Er fragte: „Ist jemand von den Blairs in der Nähe? Es sieht so verdammt ruhig aus."

„Beantworten Sie erst meine Frage, Sir. Im übrigen wissen Sie doch genau, was hier los ist, oder?"

„Ich habe keine Ahnung", erwiderte er unwirsch. „Was soll dieser Blödsinn? Ich wollte Mr. Bates besuchen und dabei nicht unbedingt von den Blairs gesehen werden. Ich habe mich wie ein dummer Junge benommen. Tut mir leid, Inspektor."

„Was wollten Sie von Andrew Bates, Sir?"

„Ich nehme an, Sie sind ein Gentleman, Inspektor, und werden darüber schweigen: Ich habe Mr. Bates ein sehr gutes Angebot gemacht, bei mir Verwalter zu werden und wollte mich eigentlich heute morgen mit ihm treffen. Er ist nicht gekommen, also wollte ich ihn aufsuchen. Mir ist sehr daran gelegen, denn er ist ein ausgezeichneter Mann."

„Sie haben sich bereits mit ihm in Fyfield getroffen, bei dem Makler Cartland."

„Sie haben mich beobachtet?“ Der Duke zog die Augenbrauen hoch. „Nun gut, das stimmt. Ich hatte Cartland beauftragt, ein Stück Wald für mich zu besorgen, und mit Bates hatte ich ein erstes Gespräch über ein mögliches Anstellungsverhältnis.“ Der Duke of Gwynn unterbrach sich, sein Gesicht nahm einen wissenden Ausdruck an, und er sagte: „Jetzt verstehe ich, Inspektor: Sie glauben wirklich, ich sei dieser schwarze Armbrustschütze! Da kann ich nur lachen!“

„Ich nicht“, erklärte Pommery. „Die Blairs und das gesamte Personal haben Caxton Manor verlassen. Der Schütze hat Miß Anabell und Sir Reginalds Halbbruder verschleppt!“ Pommery beobachtete den Duke scharf. Das Erschrecken des Mannes war ehrlich und verdrängte den hochmütigen Zug aus seinem Gesicht.

„Es gibt einen versteckten Schatz auf Caxton Manor“, fuhr Pommery fort. „Aus der Zeit der Davonports. Es ist . . .“

Er wurde unterbrochen. Dumpfe, wuchtige Explosionen erschütterten die Vormittags-Stille. Der Boden unter den Füßen der Männer erzitterte.

„Das ist bei der Kapelle!“ entfuhr es dem Duke. „Die Ruine hinter dem Haus. Unter den Caxtons wurden dort noch regelmäßige Gottesdienste abgehalten. Die alte Gruft liegt darunter.“

„Dort haben wir nicht nachgeschaut“, sagte Pommery. Er hatte die Pistole gesenkt und hastete los. In ganz ungräflicher Eile stürmte der Duke of Gwynn ihm nach.

Die Luft war schlecht in dem alten Gewölbe. Ein Wachslicht blakte unsicher und verbreitete einen schwachen Schein. Anabell Blair sah die dicken Spinnweben von der morschen Balkendecke hängen und in den Ecken nisten. Die behauenen Steinblöcke, aus denen die Wände bestanden, waren von Moosflechten überzogen. Mit Schaudern sah Anabell ganze Horden von Asseln in den Steinfugen. Aus dem engen Gang, der in den unterirdischen Raum führte, wehte es ihr modrig entgegen. Anabell Blair lag an Händen und Füßen gefesselt auf dem Boden. Ihr Herz schlug schnell. Sie war verschwitzt und schmutzig, und sie hatte Angst. Die Fesseln an den Gelenken schmerzten. Ihre Wolljacke war zerrissen, das Haar hing ihr strähnig ins Gesicht.

Im Gang hörte sie den Schützen hantieren. Ab und zu tauchte die schwarze Gestalt auf und warf ihr einen grausamen Blick zu. Sie sah, daß der Mann mit einer Zündschnur hantierte, und die Furcht kroch durch ihre Glieder.

„Tu das nicht!“ rief sie. „Du bringst uns um! Du bist wahnsinnig!“

Er kicherte unter seinem schwarzen Strumpf hervor, den er sich über den Kopf gezogen hatte: „Gleich habe ich das Geld. Fünf Millionen Pfund!“

„Hilfe!“ schrie Anabell. „Hilfe! Hört mich denn keiner!“

Die schwarze Gestalt verschwand. Die Zündschnur zischte. Auf einmal erfolgte eine Explosion, daß Anabell glaubte, ihre Trommelfelle würden zerplatzen. Die Höhle füllte sich mit feinem Staub, das alte Gewölbe knackte und knirschte. Die schwarze Gestalt wurde von der Druckwelle durch den Gang geschleudert und blieb einen Moment reglos liegen. Anabell brüllte so laut sie konnte. Doch in dem unterirdischen Gang verhallte ihre Stimme ungehört.

Aus den halbverfallenen Mauern der ehemaligen Hauskapelle von Caxton Manor, die von Unkraut und mächtigem Strauchwerk überwuchert war, stieg ein Rauchpilz auf. Das verrottete Dach stürzte krachend ein. Durch eine Staub- und Dreckwolke drangen Inspektor Pommery und der Duke of Gwynn in die Ruine ein. Geborstene Sparren und Balken ragten ihnen entgegen. Unweit des eingestürzten Altars hatte sich der Steinfußboden aufgetan. Man sah auf den ersten Blick, daß sich hier einmal eine Treppe befunden hatte. Sie war zugemauert worden, die Steine aber waren nicht so alt wie der Rest des Gemäuers. Die Sprengung hatte die Treppe freigelegt. Darunter waren alte Sarkophage zu erkennen.

„Die Familiengruft der Caxtons", hustete der Duke of Gwynn. Er wedelte mit den Armen den Staub zur Seite. „Ich habe gedacht, die gibt es gar nicht mehr!"

Pommery antwortete nicht. Er stieg vorsichtig die teilweise geborstenen Stufen hinunter. Der Duke of Gwynn zögerte einen Moment und folgte dann entschlossen. Neben den Steinsärgen blieben sie stehen. Die Sprengung hatte sie nur unwesentlich beschädigt. Pommery sah, daß die Explosion offenbar den Zugang zu der alten Familiengruft durch ein unterirdisches Gewölbe, das zum Teil eingestürzt war, hatte freilegen sollen. Dies war geschehen. Noch schwebte dichter Staub über der neu entstandenen Öffnung.

Zwischen den Sarkophagen standen drei morsche Lederkoffer. Einer war durch die Sprengung aufgeplatzt. Das von oben eindringende Tageslicht fiel auf solide Goldbarren und matt glänzende Münzen.

„Das Versteck der Davonport-Beute“, sagte Pommery. „Der Schütze muß es in den letzten Tagen gefunden haben, deswegen hatte er es auf einmal so eilig, die Blairs zu vertreiben. Wenn er ohne die Sprengungen an die Beute herangekommen wäre, hätte er sie vielleicht, ohne sich bemerkbar zu machen, abtransportiert und wäre verschwunden. Aber jetzt ...“ Er unterbrach sich. Schritte waren zu hören. Durch das unterirdische Gewölbe tappte jemand heran.

In der durch die Explosion entstandenen Öffnung tauchte eine rabenschwarze Gestalt auf. Wie erstarrt standen die Männer sich gegenüber. Die grauen Augen hinter den Schlitzen in der Kopfmaske blitzten haßerfüllt und überrascht. Mit einem Fluch warf der Vermummte sich herum.

„Stehenbleiben!“ schrie Pommery. Er hastete auf die Öffnung zu und stieg über die Explosionstrümmer in das Gewölbe, dessen Decke gefährlich knackte. Kalk und Erde rieselten in den Gang. Der Duke of Gwynn hielt sich dicht hinter Pommery.

Vor ihnen drehte sich der maskierte Mann plötzlich um. Er hatte seine Armbrust hochgehoben. Pommery und der Duke gingen in die Knie. Klackend zersplitterte ein Bolzen über Pommerys Kopf an einem Stein. Gleichzeitig ertönte der Schrei einer Frau.

„Miß Anabell“, entfuhr es dem Duke. Pommery und er rannten den engen Gang hinunter. Vor ihnen brüllte der

Maskierte: „Bleibt stehen, oder ich lasse das Mädchen für euch büßen!“

Pommery bückte sich, hob einen faustgroßen Stein auf und schleuderte ihn mit aller Kraft. Der Stein traf einen lose herabhängenden Deckenbalken. Der Maskierte duckte sich, um die Armbrust schußbereit zu machen. Da lief ein furchterregendes Knirschen durch das Gewölbe.

Pommerys Stein brachte den lose hängenden Balken zum Absturz. Der Maskierte fuhr herum, wollte sich zur Seite werfen und wurde von dem herabprasselnden Schutt getroffen. Betäubt blieb er liegen.

Für ein paar Sekunden sah es so aus, als würde auch der Rest der Decke einstürzen, aber der Gang hielt. Pommery stürzte sich auf den Maskierten und riß ihm den Strumpf vom Kopf. Vor ihm lag – Onkel Ashwood Blair. Doch Pommery ließ sich davon nicht irritieren. Während der Duke of Gwynn sich einen Laut des Erstaunens nicht verkneifen konnte, griff Pommery nach dem kahlen Kopf des Bewußtlosen und zerrte mit kraftvollem Ruck eine fleischfarbene Glatzenfolie herunter, unter der volles, gewelltes schwarzes Haar zum Vorschein kam. Mit einem Schlag wirkte der seltsame Onkel um zwanzig Jahre jünger.

Pommery riß ihm nun auch noch die buschigen Augenbrauen ab. Nur den Vollbart konnte er nicht entfernen, der war echt, aber wie ein Blick auf den Ansatz zeigte, grau gefärbt.

Der Duke war bis zu Anabell vorgedrungen und löste deren Fesseln. Schwankend kam sie auf die Beine.

„Ich wette, der Kerl heißt Davonport“, sagte Inspektor

Pommery. „Und jetzt . . .“ Er drehte sich um. Seine Augen weiteten sich: „Was haben Sie getan, Sir?“ Der Duke stand fassungslos da, während Anabell sich mit einem Satz nach vorn geworfen hatte und jetzt die Armbrust in den Händen hielt, die der falsche Ashwood schußbereit gemacht hatte, bevor er von den Trümmern getroffen worden war.

„Keine Bewegung!“ Anabell zielte auf Pommery und bewegte sich langsam rückwärts in den Gang hinein auf die Gruft zu. Ihre Stimme klang metallisch. „Ich habe Ihnen nicht zugetraut, daß Sie darauf kommen würden, aber Sie haben recht, Inspektor: Das ist Leslie Davonport, ein Neffe der früheren Besitzer von Caxton Manor.“

„Ich wußte auch, daß Sie seine Komplizin sind, seit Sie verschwunden waren“, entgegnete Pommery kaltblütig. „Ein Familienmitglied mußte den Schützen mit Informationen versorgen. Als Sie scheinbar entführt wurden, wußte ich, daß Sie es waren und daß der Schütze das Versteck des Schatzes gefunden hatte.“

„Er wollte mich betrügen, dieser Halunke“, zischte sie. „Er hat mich gebraucht, um nach Caxton Manor zu kommen, er hat mir vorgemacht, daß er mich liebt und mir helfen wird, von meinem tyrannischen Vater und meinem hochnäsigen Bruder wegzukommen. Aber jetzt wollte er alles für sich allein. Pech für ihn: *Ich* werde alles bekommen.“

„Sie auch nicht“, antwortete Pommery. Dem Duke of Gwynn hatte es die Sprache verschlagen. Anabell lachte höhnisch. „Wenn Sie sich bewegen, schieße ich Ihnen den

Bolzen in den Leib, Inspektor!" Sie zog sich weiter zurück und stürmte dann durch das Gewölbe davon.

„Ich glaube, ich träume", sagte der Duke erschüttert. Wenig später drang ein Schrei durch den unterirdischen Gang. „Es war bei der alten Gruft!"

Schritte waren zu hören, Stimmengewirr, weitere Schreie, ein Handgemenge war offenbar im Gange. Hustend und schimpfend tauchte eine Gestalt aus dem dichten Staub auf: Sergeant Daven. Erleichterung breitete sich in seinem Gesicht aus, als er den Inspektor unverletzt sah.

„Gott sei Dank", rief er aus. „Wir haben im Dorf die Explosionen gehört und es für besser gehalten, Ihrem Befehl zuwiderzuhandeln und zurückzukehren. Wir waren in großer Sorge um Sie. Ich bin mit ein paar Polizisten und mit Harry Blair hier." Daven wurde ernst. „Harry war erschüttert, als er seine Schwester mit der Armbrust sah. Sie hat sich gewehrt wie eine Katze." Er deutete auf den bewußtlosen Mann. „Ist er das?"

„Das ist der schwarze Armbrustschütze, Sergeant." Pommery wandte sich an den Duke of Gwynn: „Würden Sie mir helfen, den Kerl mitzunehmen, Sir?"

Das Rätsel wird gelöst

„Edgar Wallace habe ich die entscheidenden Anregungen zur Lösung dieses Falles zu verdanken", erklärte Inspektor Pommery. Er saß in einem der weichen Plüschsessel im Salon von Caxton Manor. Die Anwesenden lauschten gespannt. Es handelte sich um Lady Mary, die noch immer sehr mitgenommen aussah, Sir Reginald, der seine bullernde Lautstärke etwas verloren hatte, und Harry Blair, der ebenfalls sehr unglücklich aussah. Sergeant Daven hielt sich im Hintergrund.

„Es tut mir außerordentlich leid, Sie noch einmal damit behelligen zu müssen, aber es ist erforderlich. Der schwarze Armbrustschütze war ein Erpresser. Aber er forderte kein Geld, sondern er wollte Ihre Vertreibung. Daher stand fest, daß das Geheimnis dieses Falles im Haus selbst zu suchen war. Derartige Fälle hat Wallace eingehend beschrieben. Es blieb also die Klärung, wer der Täter ist. Wie in dem Roman ‚Der rote Kreis' mußte es einen Spitzel innerhalb der Familie geben, sonst hätte der Täter nicht so perfekt auftreten können. Das bedeutete, daß ein Familienmitglied – oder ein Mitglied des engsten Personals – Kenntnis von dem Schatz haben mußte. Ich hatte zunächst Mr. Bates in Verdacht, da er stets die Drohbriefe des Schützen zu finden pflegte und sich schließlich mit dem Duke of Gwynn in verdächtiger Weise traf. Dann aber auch Mr. Harry. Bis ich auf das Buch ‚Der Doppelgänger' von Edgar Wallace stieß. Darin trat der Täter in der Rolle seiner Opfer auf und täuschte selbst Familienangehörige. Da in diesem Fall kein Verschwinden eines Familienmitglieds geplant war, konnte der Täter sich als entfernter Verwandter einschmuggeln. Er tat dies überzeugend als Ihr Halbbruder, Sir Reginald, den sie seit fünfundzwanzig Jahren nicht mehr gesehen hatten. Der echte Ashwood Blair wohnt zudem in Neuseeland, so daß eine Nachprüfung gar nicht möglich war. Aber er konnte dies nicht allein, er brauchte die Hilfe eines echten Familienmitglieds, um über die Eigenschaften der Person, die er darstellen wollte, Bescheid zu wissen.“

Pommery unterbrach sich, um einen Schluck des ausgezeichneten Earl-Grey-Tees zu nehmen. Er fuhr fort: „Angeblich existierte kein Mitglied der Familie Davonport mehr. Wie wir inzwischen wissen, war Leslie Davonport, der Neffe von Neal Davonport, unter falschem Namen von Australien nach Frankreich gereist und hatte dort jahrelang unbehelligt gelebt. Vor einem Jahr kam er – ebenfalls mit falschem Paß – nach England zurück, um zu versuchen, sich das ergaunerte Geld zu beschaffen, das sein Onkel Neal vor seiner Verhaftung in der alten Caxton-Gruft verstecken konnte, so daß es nie gefunden wurde.

Das genaue Versteck kannte Leslie Davonport nicht. Er mußte sich also Einlaß in das Haus verschaffen, um suchen zu können. Zu diesem Zweck gelang es ihm, sich mit Miß Anabell anzufreunden, die sich, wie ich leider sagen muß, nur zu gern bereit fand, sich gegen ihre Familie zu stellen. Sie fühlte sich von Ihnen, Sir Reginald, unterdrückt, wie sie ausgesagt hat. Sie wollte sich von Caxton Manor frei machen, etwas von der Welt sehen und etwas erleben. Sie half Leslie Davonport, in seine Rolle als Onkel Ashwood Blair zu schlüpfen, so daß er sich hier im Haus bewegen konnte. Gleichzeitig spielte er den Armbrustschützen, um das Haus endlich freizubekommen und ungehindert suchen zu können.

Bei seinen Streifzügen allerdings muß er die alten unterirdischen Gänge entdeckt haben, die zu der vermauerten

Gruft führten. Die Gänge waren teilweise eingestürzt, doch Davonport konnte ihren Verlauf ausmachen und feststellen, daß sie unter die Ruine der Kapelle führten. Dort war alles vermauert und getarnt. Damit war für ihn klar, wo seinerzeit das Geld verschwunden war. Und jetzt brauchte er Anabell nicht mehr. Er lockte sie in die Geheimgänge und fesselte sie.

Er kehrte noch einmal als Onkel Ashwood zurück, um festzustellen, welche Schritte Sie, Sir Reginald, ergreifen würden. Als eines der Dienstmädchen einen Schatten im Wald für den Armbrustschützen hielt, nutzte er die Gelegenheit, ebenfalls unterzutauchen, indem er den Eindruck erweckte, er sei verschleppt worden. Da wußte ich bereits Bescheid – Dank Edgar Wallace." Pommery lächelte sein stilles Lächeln, während er hinzufügte: „Er hatte sich auch noch auf andere Weise verraten, so perfekt er sonst auch war: Er schimpfte auf alles Ausländische, verabscheute alles, was nicht Englisch war – aber er las ein französisches Buch." Pommery erhob sich. Lady Mary sagte: „Ich verstehe es immer noch nicht. Wir haben alles für Anabell getan. Und sie ist doch selbst überfallen worden."

„Das war Tarnung, Lady Mary. Es war mit ihr verabredet. Es mußte etwas Dramatisches passieren, um Sir Reginald in Angst und Schrecken zu versetzen. Und das, was Eltern als nützlich und richtig empfinden, wird manchmal von den Kindern, vor allem wenn sie in Miß Anabells Alter sind, durchaus nicht so angenommen. Wenn noch dazu ein junger Mann ins Spiel kommt, der sie geschickt verführt, wie Leslie Davonport, kann sich ein junges Mädchen schon einmal eine fixe Idee in den Kopf setzen. Ich rate Ihnen, Sir Reginald, Ihrer Tochter zu verzeihen, wenn sie aus dem Gefängnis kommt. Sie wird sicher milde bestraft werden." – Es klopfte. Andrew Bates trat ein um mitzuteilen, daß er auf Caxton Manor als Verwalter bleiben werde.

Pommery und Daven nutzten die Gelegenheit, sich zu verabschieden.

„Über einen Fehler habe ich nicht gesprochen", sagte Inspektor Pommery, während sie zu seinem klapprigen Sunbeam Roadster gingen. Er stieg ein. Sergeant Daven betätigte die Kurbel. Spuckend und fauchend sprang der Motor an. Daven schrie gegen den Lärm an, als er einstieg: „Welchen Fehler, Sir?"

„Ich habe wahrhaftig eine Weile den Duke of Gwynn in Verdacht gehabt." Pommery fuhr an. „Dabei geschehen die meisten Verbrechen innerhalb von Familien, so unglaublich es klingt. Edgar Wallace hat das beschrieben. Ich hätte daran denken müssen, von Anfang an. Denn wie alles von Edgar Wallace, stimmt auch das genau."

Sie rollten auf der staubigen Landstraße zurück nach London . . .

Ende des dritten Buches

CIP-Kurztitelaufnahme der Deutschen Bibliothek

Gilmoor, John:
Edgar Wallace löst das Rätsel,
John Gilmoor. – Menden: Kibu.
3. Der schwarze Armbrustschütze. – 1983
ISBN 3 88101 702 X

5750 Menden 2 / Sauerland
Einbandgestaltung
Werner Ahrens und Rainer Willingstorfer
Printed in Germany